nathália lima

nasceu em Barbacena (MG) e vive em Belo Horizonte. Trabalha como professora na rede pública de ensino. É mestra em estudos literários. Atualmente, em sua tese de doutorado na Universidade Federal de Minas Gerais, pesquisa sobre animalidade, ruínas da natureza e suas manifestações na literatura. Istmo é seu livro de estreia.

ISTMO

nathália lima

editora Urutau
primeira edição
2022

O –

editora Urutau

rua do cajú, 478,
jardim das cerejeiras
06724-015
cotia-sp (brasil)

rua manuel pacheco nobre, 128 - 5º esquerdo
2830-080
barreiro (setúbal)
portugal

[+351] 928053619 [portugal]
[+55] 11 9 4859 2 426 [brasil]

www.editoraurutau.com.br
contato@editoraurutau.com.br

[EDITORA]
debora ribeiro rendelli
[REVISÃO]
marcella sarubi
[PROJETO GRÁFICO]
wladimir vaz
[COORDENAÇÃO GRÁFICA]
tiago fabris rendelli
[DIAGRAMAÇÃO]
victor h. azevedo
[CAPA]

dados internacionais de catalogação na publicação (CIP) de acordo com ISBD

lima, nathália
L732i istmo / nathália lima. — cotia : urutau, 2022. 136 p. ; 14cm x 19,5cm.

ISBN: 978-65-5900-346-4

1. literatura brasileira. 2. poesia. I. título.

CDD 869.1
2022-2616 CDU 821.134.3(81)-1

elaborado por vagner rodolfo da silva - CRB-8/9410

sumário

para Munique

minha paisagem subterrânea

Dalva e tio Grécio

barca de saudade no cais

meus olhos calçada para moscas volantes

os ouvidos motel de cigarras perdidas

o faro ausente devorando teu cheiro de areia

minha língua fuga de sepia officinalis

na página essa pele reptilia muda

passagem

como se chama isto
meu tempo
como se conjuga
devagar
como você se veste
com a moldura de dentro
qual é teu erro
repetição
nenhum outro
o instante
onde se deita
na pronúncia
quem te rege
Marte Mercúrio & Plutão
quem te balança por dentro
a Lua
o que te move
uma água viva
quem te aguarda no portão
meu animal acordado
uma cachorra
meu refrão íntimo
sem imunidade

o que ela diz
o peso da pata
como se chama isto
o amor
outro nome
um uivo

peles

para daniel

trocamos nossas peles há sete anos o que muito embora seja um bom número talvez não me faça reconhecer as cicatrizes ou o selo escorregadio do amor o amor repito feroz três vezes porque acredito nos amores ímpares o amor é a serrilha do canhoto de um cheque o ondulado sensível da régua as pequenas heranças do convívio um modo de dizer uma camisa larga o par desencontrado de chinelos a única toalha usada ainda úmida porque o amor é também a preguiça de apertar o botão da máquina de lavar ou os arames grampos súbitos da sacola de biscoito de canela sim o amor de repente é uma frase que acorda de manhã repetida sempre outra, i.e, *vou moer o café* por isso acredito nos amores ímpares no assoalho riscado da sala abstratos desenhos arruinando a futura reforma há reformas que nunca acabam o amor por exemplo por isso prefiro a solidão de números primos ou um livro na cabeceira *vamos ver esse filme* alguns números de calendário não cabem no carimbo da nossa umidade nas dobras do quarto onde estou nas pintas na surdez dos tecidos e fios brancos que vimos romper

tocamos nossas peles *agora* a pouco uma trinca de anos nos separa e as sucessivas rachaduras dessas diferenças também apenas uma trinca de passos nos aproxima

de perto o amor é uma boca um desejo uma linguagem um lençol estendido uma brecha uma dobradura uma teia costurando cercas sob a chuva um mato ingênuo na calçada maçãs sonolentas atrás do sofá um esconderijo um não saber desprevenido um sopro uma lava uma montanha uma duas três quatro mãos um resto de comida que só daria para um uma queda um vaso entupido um grito uma ecdise uma solidão um rio uma poça um copo d'água de cerveja de sangria de fumaça uma ressaca de fluidos uma *pergunta* um teto um silêncio um barulho um ruído uma estrada um beco um eco uma baleia perdida no cotidiano   a fermentação de um pão uma ferida umas lambidas um sim um não uma resposta um susto uma repetição um modo de abrir os olhos os buracos uma sede um rabisco na parte preferida um assado de legumes uma lista extensa um sorriso um ranço tão intenso um medo um risco uma escuta um cheiro um corte uma água muito rasa uma água muito funda os pelos um elemento químico uma questão aberta ou fechada onde todas as alternativas estão corretas de perto o amor é uma busca as máscaras na entrada na permanência

e

na saída

um animal de fôlego

ocupando sua abertura

o amor etcetera compartilhado

escolha

com o tempo cru
andarei sob teus pés
suspensa
como um apelo na multidão
por fora
carrego o remo solitário
sou a memória do chão
por dentro
encosto a foice lenta
numa parede de muita tinta
entretanto
o amor —
esse dia movediço numa ilha
enquanto isso —
arrasta uma luz tentacular

o amor é um dia movediço

digo que o amor é um dia movediço numa ilha.
enquanto a gata se aninha na almofada
minhas costas perdem a lubrificação de algum disco.
enquanto você dorme com a mão no queixo
sem ruídos
a frase vem branca
apressada como uma larva, animálculo, frente a última
oportunidade de permanecer inteira dentro de uma fruta.
digo que o amor é um dia movediço numa ilha.
e isso tem pouco a ver se a hora é um enxame.
a gata ronca.
estamos — a larva e eu
a escutar o ar morno, o bafejar de narinas
a escavar nos pulmões um sítio arqueológico
parece uma foto
mas é, ainda, a úmida oportunidade de permanecer viva.

pretexto

o que sou
uma camada fina de imagens sob nada
um sobrenado
disse

esmagar letras
como quem pisa em formigas

*

olhá-las nos olhos
fixar a palavra peixe com dois botões
esse modo de captura de subsistência
ver nadar redonda a palavra
úmida água-viva

*

como se em uma sala de estar
anêmonas abrigam o poema

este

caranguejo-estampado no lar
colide em ausências hidras poeira

se tocado por pelos crustáceos e tentáculos
se constrange
vira pedra vulto
viva-fotografia

na sala de estar
em longa espera
anêmonas desconfiam da máscara e pressa de alguns palhaços
não negam passagem nem estadia

eu
como as anêmonas
recebo inquilinas e desconfio de tudo
desde a primeira linha

palavra

o animal mais simples dos quais
se sabe ter um sistema nervoso

lembra uma flor
solitária
um eco de longos tentáculos
habita verbetes
poemas
sítios de terra
lembra uma voz
solitária

$^{re}s_{p}i^{ra}n_{d}o$

as heranças do mar

tradução

a palavra numa jangada
voz represada na pedra

o ranger de letras
numa língua fria
como quem busca sustos

o remendo lento
para um corpo novo
ecos e ínguas

a palavra contra uma vela curta

apalpar um poema morno
onda fraturada na praia

peixaria

numa esquina oceânica
estabelecimentos
procuram por pedigree
os prêmios
franz kafka & jabuti

embora alguns
comam baratas fritas
a comida dos butecos
fica por conta da
casa do tubarão
&
o beco da traíra

no letreiro
escritor robusto
robalo-branco
cheio de dentes
na promoção
há escritora miúda
alga roída lambari
represado
em ambos
muita tripa

arrasto

a espinha do poema
as linhas diversas
divertidas

o espaço à procura
das vísceras
da carne
da nadadeira trêmula
do gosto de escama
o arrepio assustador
do anzol
o brilho da isca

a espinha do poema
a pronúncia líquida
a lentidão aberta

numa página
me reviro minguada
presa na agulha
o espaço à procura
dessa estranha instituição chamada
peixes de papel

isca atravessada
na entranha do leitor

a espinha elástica do poema
duração de cardumes

cascas

as peles que trocamos
mudas
soltas pelo corredor
muitas batem à porta
no esconderijo da palavra cicatriz

ensaio um passo na foto
encontro
cinza
ácaros
teias
um cobertor de incêndios

não há máscaras

com alguma resistência
um pássaro me vê do alto
presa
entre o arame

as peles que trocamos
muitas
mudas

acuadas
tatuagens surdas nas árvores

silêncio

em bento rodrigues, mg

linha fina de reparação
tecido que sobrou na etiqueta
invisível
100% destruição
puídos ruídos
passos perdidos
penso quanto tempo durou o moletom
se a mãe passava pimenta nas mangas para
que a criança não mordesse os punhos
da roupa
se era nova se foi doação se era de ir à missa se
era boa no inverno se servia bem se o zíper
enguiçava na altura do peito se marcava o peito
se nos bolsos guardou recibo telefone de alguém bala
figurinha se tinha resto de fumo
se tinha resto do cheiro de alguém   se puxava
no comprimento para esconder as mãos se
chegaria a virar pano de chão se haveria chão.

o que é que cabe no rasgo?
passa uma borboleta suja e penso na rapidez
das palavras opacas carregando as perdas as pernas as pedras
no rasgo da intimidade cabem

a ferrugem de uma pessoa do antes e uma pessoa
do agora — também uma cicatriz.
afinal, o que é um rasgo?
olhando bem o avesso do mdf
encontro nos rastros da mala e sandálias interrompidas
curtos respingos de lama que respondem
é um corpo que não volta para o cós acostumado da calça.

penso quanto tempo cabe num moletom.

sfumato

quando apago as luzes
vejo uma palavra arisca

o interruptor sussurra algo
sob os dedos

quando acendo a luz
o chão me encara de volta

a boca cheia de sobras
talvez borrachas mordidas

: não há nada sobre a página

pequenos reparos

às vezes é preciso aparar as arestas a barba o buço os pelos
[pubianos
às vezes é preciso reparar as frestas o rosto magro a gramatura
[dos fios
às vezes é preciso parar no alto do morro e colocar as sacolas no
[chão

às vezes acordamos com as mãos secas como se um recorte
[cartográfico
às vezes porque o sonho foi intenso porque não vimos nenhum
[graveto
a que nos sustentar
ou porque vimos o aceno de um ramo fino e a sós
agarramos ao rosto de nossos pequenos penhascos
afinal quantas trincheiras têm entrado em nós tecidos retornáveis
afinal com quantas quelíceras agarra-se à testa de um desfiladeiro

acostumados os buracos indagam quais misérias você quer me
[ver desfiar

às vezes é preciso aguardar a próxima página
o próximo grão sendo água no olho do mar
cem vezes tentamos inventar desculpas para

não fincar sombras na areia
sem ver
aceitamos
impacientes
rasuras e costuras ásperas

brigadeiro

Talvez não seja só sobre o bolo
Talvez não esteja só sobre o bolo
Talvez eu esteja só sobre o bolo
Talvez seja a sobra de um bolo

Talvez as formigas a sós
voltem para juntar os restos da cerimônia
Talvez as formigas também estejam à espreita dos farelos
Talvez as formigas carimbem as sobras com canela

Talvez eu esteja só sob o bolo

Talvez eu seja
                    a fatia mole dentro de um bolo-caixa
Pandora
Nua sobra encolhida em papel alumínio
Não há ninguém cercando a mesa nem as sombras escondidas.

no aeroporto c. gaulle

uma vez você meteu os pés pelas mãos
e carimbou com má-vontade meu passaporte

na alfândega
me perguntaram sobre cremes
conta bancária apalparam os peitos de látex não ditos
entre mon petit taille e o fechecler da bagagem
vous êtes brésilienne
fechei a cara e os botões da blusa para traduzir o objeto
c'est un bra

nunca pensei que a calça puída
os cabelos recém-chegados ao aeroporto
seriam convite para u-
um relâmpago cortando a palavra ao meio

*

uma vez você meteu os pés pelas mãos
e devolveu com ironia minha identidade

no aeroporto
perto da buganvília
comeu o miolo de minha biografia

desamarrou as legendas
como quem incendeia bonecos de judas ao meio-dia
ou passa cheques sem fundos
guardei estofos recibos e outras cenas
no caderno de cartografia

nunca pensei que aquela dúzia de palavras
arrebentaria minhas melancolinhas ao meio

legenda

entro lenta nas melancolias que iluminam por dentro

03 nuvens traduzidas em linhas tênues
01 estar incompleta com o que rola no mundo
07 passarinhos e pipa morta numa quase partitura
03 pedreiros sem moradia fixa erguendo paredes
    degradê à beira mar
    o riso largo das faltas
    a voz longa de meus mortos escrevendo cardumes
    atravessar bordas e excessos
01 manual de sobrevivência fora da caverna
   lábio inferior queimado em copo plástico
   boca da pessoa amada em seguida
   adeus, ruído que não cicatriza
   romãs mortas no quintal

pedido módico

senhore carteire
na caixa do correio
talvez não caiba mais ouriços
é pequena
estufada
há boletos avisos desencontros
correspondências secretas
a lembrança do ex-vizinho
folhetos
as promoções incalculáveis
do hortifruti na esquina
você viu o preço do arroz
você viu semana passada
como é difícil convencer uma revista
a entrar
onde não tem espaço
lembra aquela cena de *frances ha*
não cortar o nome para caber
pois é
se possível chamar
para não ferir o embrulho

observação opcional
tocar o íntimo da página

estilete

estou aberta
na rua
miolo indeciso da página

de um lado
o passado-agora rasura o tecido
do outro
o agora-futuro desabotoa a gola da camisa

como uma flecha descascando o ar dos
dois planos escorrem linhas laterais artérias geográficas
vias de uma anatomia poética

estou aberta
na rua
meus pés pinçam
todo o caos organizado
das agulhas
da brecha no casco de cavalos
dos ossos de pássaro

as jaulas

hoje não tive vontade de escrever sobre nenhuma paisagem-morta.
não encontrei a coragem de abrir um livro,
embora eu os tenha carregado debaixo dos olhos como quem
troca as plantas de lugar para pegar sol. como fazem as mães com
os colchões de urina. como quem espera a impetuosa parede de
café se descolar do papel pelo abismo da garrafa. adentro. hoje
não tive vontade de tomar sol nem notas para as paisagens mortas
enfurnadas na retina. ninguém sabe a hora que os vulcões espirram
ou que uma pequena pedra se desprende daquilo que se tornará uma
avalanche.
hoje abri os olhos e tomei café.
não lembro o gosto, não lembro a temperatura.
em vez disso
página 72
estão me ouvindo?
Moema afogada na margem

☒

obituário

alguns mortos fazem questão de passar a borracha nos inventários
habituados
deixam despencar grampos
recibos
cabelos
não se importam com a almofada gasta dos carimbos
a análise combinatória dos códigos de barra

um mês antes de se despedirem pela janela
do carro ou da cozinha
entregam um frasco e pedem para guardar três casos
duas confissões
cantigas de infância
seis histórias de amor e de asco
uma tigela marrom de canjiquinha
cuide do meu cão

alguns mortos partem com a língua apunhalada no meio.

*

é por aqui
no começo disperso das frestas que deito o punho na flacidez
[das horas

é por ali
entre a trinca de seus pés
sonolentos
que percorro
três décadas de álcool
o blefe das polaroids
as taças caídas sem simetria
o endereço das quinquilharias
papéis carcomidos vazios soterrados
o amor não cumprido

é lá dentro
no pulso antigo daquela voz de fera que apanho as letras quebradas

enquanto isso
levanto lenta os lençóis
como se de repente
num ronco curtíssimo dissesse

fique aqui
esperando meus dedos

e sua ausência ali
descoberta mística desastrada

notas de luto

há dias
   voo fragmento inscrito
       números   esparsos
       vento e sirenes na avenida
não sei o sotaque das ambulâncias
                              nem das páginas despencando
no chão
há dias
vou perguntando
é por aqui

o isqueiro amarelo deitado no chão
o cigarro mirando o sumidouro do cinzeiro
as contas esticando os pés até o sol
a lata de gordura ainda está na parte baixa do fogão
a marmita habitada por fungos afoitas larvas

onde posso colocar
tuas mãos
tuas cinzas
teu corpo
o novelo rosa cortado de repente
a tua voz entre o pão e a xícara

nunca mais sentirei tua textura
apenas aqui
sobra no papel

*

27
meu coração abutre
parindo seus abertos
entre, diz
o pouso é leve
as penas não

12
meu coração aberto
diz ao abutre
entre, o pouso é leve
minhas perdas
não

7
na balança
quanto pesa a pena de um
abutre
coração
de formigas?

19
quando peso

um vulto
quando pego
uma volta
quando piso
uma vida morta ao pé do fogão
no rejunte
ausência

33
tão fácil perder

sonar

quero ouvir ininterruptamente
ininterruptamente o som do seu coração
escutar escutar escutar
até a hora de romper
até a hora de escoar
até saber te perceber
até saber te repetir
e te percebendo, te repetir
como se repetem as ondas
as linhas da minha mão

perspectiva

uma vez
minha mãe e eu

víamos
o parto
da gata

água arrebentando nas mãos

outra vez
a mãe
fui eu

água arrebentada
no chão

silêncio
entre a gata e eu

inferno II, 40

there is a crack, a crack in everything
Leonard Cohen

enquanto cavo nova fossa
para minhas costelas de adão
escuto um silêncio de arena
encontro uma minhoca tensa
séria comprida
uma thurman disfarçada
sob folha amarela
ao lado
enio morricone
    deslizou-se
eu acompanhei
você tem olhos,
disse fotorreceptiva
não temes descer neste
profundo
    moveu-se de si
se quer saber raiz tão funda
me encosta
digo porque não temo ir nos dentros
temer deve-se temer
a coisa em que o mal se manifesta
as outras em que o mal não entra

não há o que temer
um soco seco
é assim que a luz entra
vi entrar por dentro
a mais extensa duração imaginável
com sua *katana* de quitina
a corajosa beatrix mastiga o medo
corta minhas perguntas
lança as dúvidas na lanterna
de sombra em sombra
caí no sono
como um corpo vivo
a profundidade não me molesta

aniversário

tenho 32 anos
faltei o último enterro
recordo em voz alta
enterrei alguns cães

tenho 32 anos
mandíbulas mancas
mastigo sempre
45 vezes

a duração das coisas
das quebras internas
dos ossos estendidos
na gaveta feito roupas
tiradas do varal

tenho 32 anos
um corpo rouco
entreaberto quebradiço
feito peixe no fim da feira

tenho 32 anos
bem antes dos 16

minha tia dalva
dizia
querem te criar numa redoma

enquanto isso
o bolo de aniversário
dos 8 anos
derretia
azul com buganvílias

tenho 32 anos
nunca fui ao algarve
redondo e mineral
nem li sylvia plath

nós duas
juntas
enterramos 10 cães
três filhos
bilhetes passaportes
as mais belas histórias

tenho 32 anos
uma penca de palavras
emolduradas na sala
um átrio
conjugado ao oceano

amanhã será 33

correnteza

cada dia feliz bruto *riu*
minha liberdade é escrever o que não é justo
sucumbir ao paradoxo dos instantes
ouvir a prosa nua dos insetos
firmar pactos com o amor e suas ambiguidades
cada dia mais feliz bruto
sigo
rio abaixo
cuspindo água, poucas vírgulas e epifanias

exposição

panorâmica

a paisagem rema para
o que sou agora estrada escuríssima
linhas de orientação rebento sem nome seiva machucada à
procura do chão
tudo está imóvel

velatura

no espelho : um rascunho de terra

inutilmente
raspamos o passado com as unhas
na impossibilidade de apagar fissuras
da boca do bafo de beijos impressos
escrevemos outros rastros por cima
ninguém questiona
dedos pendurados em móbiles

no poema — um inseto intruso

autorretrato

a constelação curta
me entrega
um rosto
como se cair fosse encontro
com o que sou agora
areia turva
devolução de ondas
voz morna
no interior de baleias

natureza-morta

a paisagem descansa os remos
vê o que sou agora   corte
susto   molusco   sem víscera
perguntas caídas no colo do mar

assunto

para marília garcia; cco: louise bourgeois

sua coluna caiu como uma luva
também como um
poço —
a ausência inundando uma torre.

quando caiu
        e fez barulho
recolhi dos escombros suas palavras mais lentas.

diziam sem resistência nenhuma, no canto da casa, sobre se manter
        no escuro e sobre estar atenta aos sussurros
                                                                                suspensos
que, diariamente, vão se enferrujando nos telhados vizinhos —
ferramentas, cadeiras, balanços de infância.

um dia você abriu uma página
a mão de joaquim copiando prédios   horizonte.
no outro fui à praça traduzir o poema sinuoso do niemeyer
no gesto   a foto dizia
sou eco caído na sombra

de perto, o poema
nem sempre é um peixe translúcido

deve ser por isso   a poesia também está entre — escamas, velas,
[sinos trincados.

sabe, marília, queria sentar contigo no interior de uma baleia.

saber da escuridão antiga de vilarejos
sem chuveiros
sem resistência
a delicada truculência das teias   perguntar
o que há por trás da paisagem
o que a água busca na forma do chão
que são esses peixes perdidos na erosão
e esta lupa partida   no meio das minhas mãos

*

meu trabalho inicial é o medo de perder os ecos.
depois se torna a arte de estar perdida entre ruídos.
como se perder sem se escutar. mais tarde
é a arte de encontrar silêncios.

conversa mineral

o solitário cascalho âmbar
revolucionariamente
está deitado na areia
exibindo sua tatuagem nativa
γράφειν
penso se olha para a concha cinza
sem verruga dentro
se apalpa os frisos da idade expostos
o número de seus cabelos brancos
ela
discretamente
pensa sobre a carícia do vento
suas bordas soterradas
na própria moradia
não há lençóis
ambos
escutam o mar
na pele calcária
se entendem
um silêncio confortável

um molusco náutico acena
na tentativa da espuma
ninguém vê

penso nos olhos do mar
revolucionariamente
ocupado com a própria
abertura

em milímetros
um grão de vidro vulcânico
dentro da concha
escala as próprias utopias
nem só as ondas arranham
a conversa

o mar esconde epígrafes

*

houve um tempo em que pescar era mera atividade
para ver movimentar na água um corpo.
reflexo de movimento
ir até lá
as ondas devolvendo versões para ninguém
escutar
as ondas envolvendo as margens as pautas
as ondas devolvendo as faltas
como dicionários mordidos

a água piscava
a linha içando
soluços escorrega
dios

haverá o tempo — pescar será mera busca
de palavras peladas em mar aberto
inimigas de terras firmes, afeitas à voracidade de abismos
haverá o tempo de fisgá-las em redes que deixam vazar
ruínas sílabas sanguessugas
vozes letras abertas
mulheres
corais

*

sem guelras
despejo carcaça
em teus pés
sem armas
estico sussurros
arames
procuro tripas
cansadas
nas sílabas de saturno
cem mil mãos
tentam mas
impossível esconder
a língua das mães
sem guelras
encontro
minha ferrugem íntima
com as mãos
respiro outra vez sua voz
apago também pavios

sem guelras
arrasto obscena
outras linhas

como nasce um verso

você me pergunta se *um poema bate à porta antes de entrar*
se escuto seus passos na escada
se balança as chaves antes ou depois da fotografia
se vi os túneis das formigas nas artérias do prédio
nada disso

o poema e eu entramos na espessa linha
do espelho de ônibus do agasalho de lã de minha avó
do lado mais certo do papel-alumínio

você me pergunta se um poema tem cabimento
se é sempre cru ou se reutilizo a água desse cozimento

a página come um pedaço de tudo
mas ainda tem fome
e sempre tem fome
e sempre tem sono
e nem sempre escolhe onde a falha deságua

no final
respondo –
de fagulhas

duelo

é urgente estender o chão a falha sem rumo
o medo de quebrar
as vértebras e as palavras miúdas
é urgente
medir a altura das fendas
a paragem de águas não escritas
a linha rubra pendurada no escuro
era urgente
entrar e sair sem contorno
ver o seu nome cair
novelo insone e profundo
nesse canto impossível do punho
é perigoso
inutilíssimo
no final
guardar por muito tempo um outro corpo no papel

este é para matilde

1. feels like we only go backwards

memória de peixe
minha língua de papel laminado
zoom na saliva
zoom na sala suja
sua boca em contra *plongée*
encontra fissuras
            migalhas
seus dentes batendo em tudo

<< *feels like we only go backwards baby*

>> me diga alguém sabe mesmo
    o forasteiro trajeto das coisas selvagens
put the grenade pin in your hand,
so you understand who's boss

2. breezeblocks

uma casa cheia de ausência
portas trancadas
poucos porta-retratos
uma casa com medicamentos avulsos
em todos os cômodos
razão das chaves perdidas?
cortinas puídas janela estilhaçada da M.
o gato bocejando
o outro à espreita —
tocaia tensa
unhas & vidraça

persiana

no vazio
uma teta seca
escondida atrás da cortina
dedos e pulmões contraídos

ninguém nos vê

alguém escuta
o que houve
leite derramado

ninguém

nos entres

alguém nas últimas
escuta

fêmea

no vazio o corpo
resto-movediço

sangue numa vasilhinha

fonética

com uma mulher apanhada pelo marido
descobri que as letras
f e *v*
p e *b*
se estiverem em preto & branco
disfarçam peixes e pessoas

entreolhares na porta
vozes explodidas
et al
infelizmente
  lá fora
maxilares deslocados
aqui becos
sem saída

[ ] nunca mais voltou

eu
também sem mandíbula
gritei lampreia oclusiva
durante esta prova oral
de poética

passei com 63

autorretrato

no sumidouro do espelho
duas naturezas
meu assombro
matemática animal

de um lado
                    um corpo mole
do outro
                    o ruidoso sorriso

miragem arranhada
meu olho de tigre
fricção acordada
na fagulha

aquário

entreolhavam-se   ela e os peixes   um exercício de
saber pouco ou   quase nada sobre   *de onde vem a sede*
que essas palavras   tinham antes   de caírem assim
gota a gota na bo   ca seca do verso   entreolhavam-se

ela e os peixes   entreolhavam-se   ela e os peixes
um exercício   de saber pouco   ou quase nada
sobre   *por onde sai a sede*   das palavras
antes de caírem   assim go   ta a gota na bo
ca seca do verso   *entreolhavam-se*   ela e os peixes

um exercício de   saber pouco   ou quase nada
de onde vem a sede   essas palavras   sentem antes
de caírem gota   a gota na boca   seca do verso
entreolharam-se   a quebra longa   das perguntas

como se apaga o rastro da água da memória de um peixe-elétrico

entreolhavam-se
ela e os peixes
somos um abismo translúcido respirando
repetidamente com os dedos
de onde vinha a sede

as palavras sentem antes de trincarem assim
gota a gota
na boca seca do vers

rubrica

[não há começos]

sem feridas
sem caroços
sem carroças

[imunda]

água aguda
arrastando algo
no rosto
como algodão morto

[no vão
da espuma de *rios rápidos* de peles cruas de *quelque*
choose
o martelo insiste nos pelos como durex ríspido
agora você ruge

em vão]

então
na coxia
pouco manca

guardada em cadernos
à míngua
medusa ilhada
peruca repetida

[morder as línguas]

tip*eau*grafia cuspida
no chão

no princípio era

no princípio era
um precipício
era uma voz cítrica um indício
era um início na idade da pedra era

um novelo derrotado
não havia nenhum gato ali a lhe encontrar as pontas
havia sua memória de cadela
sem linha na agulha e calcanhares para não encurtar a busca

no princípio era-se farelo
no precipício
nenhum rosto
para se a
garrar

no princípio erram
cortam-nos as unhas as orelhas as asas os pelos os rabos

fica melhor

goya

como o tempo com minha boca de água
como o tempo com minha boca de areia
como o tempo com minha boca de sombra
como o tempo com tua boca apenas

com o tempo
  vejo
  escorrer

      sol
cimento seus
    urros

        o suor da tua língua
      geográfica perambulando esta margem
       solidão engarrafada

como o tempo
como quem se lança
ao alvo
 um sopro

como o tempo com minha boca de lítio
na tomada

com o tempo
 vi
 o cur
so dos homens parasita de pudor podre raízes rios pedaços de
montanha
nos bolsos papel-moeda represado entre os dentes tão
limpíssimos

com o tempo com a voz cega
estes olhos de vidro e carne perderão o aberto do espelho
poeira silenciosa

volver
rubrica um verme sem sombra esperando no chão

saturno examinando tudo:

questão cognata

aqui
o eco é

raso

vazio

recorte inevitável

irreversível indecidível erodível

alternativa
paquiderme
destino
poro de montanha

a) aviso
b)
c) cova
d) destino
e) espelho

ici

o eco é

possível

r: elefante órfão na encosta

brossa abre aspas

sem título
nem consentimento
espetam a minhoca no anzol
sobram quatro pares de coração
já não escuta
uma voz dentro da sua voz
não temo
sua voz dentro da outra voz
desejo
outra voz dentro da minha voz
silêncio
minha voz, uma vez
salto para fora da linha
em direção à isca
sem título
o peixe por dentro
o mesmo avesso
de ser

poema girinatori

também nós, é verdade, sabemos nos dividir.
WISLAWA SZYMBORSKA

aham
dizemos
na sombra
aberta da água
eu me despeço
e você se veste
eu me despedaço
você se vai
palitando os dentes
eu desperdício
você vira latas
neste dia
te anfitrio
despojada
esponja retorcida
você nesse dia
cutu
cata meus buracos

à margem
visceral
me despeço vermelha

você me veste
você se veste te despeço
se vai sem o rabo
sem escuta
você-hospedeira
eu-parasita

no limiar
as estrias da rede
o sussurro do anzol
a boca abismada da superfície
nosotras
correspondências
  incompletas
aham

por um triz

na encosta
little orphan
sou água guardada em cadernos
sobre minha pele-pronúncia
o estrangeiro disse
— teu hóspede escuta
acostumado
meu corpo de onda
devolve
todo um silêncio me abrindo

no papel-jornal

procura-se
carne sem pensamento

por dentro
o ouriço se
fecha

por fora
o peixe se
abre

nas dobras
há suturas irreparáveis

procura-se
coleção de buracos

por dentro
entre espinhos
as perguntas coçam

procura
pedaço vivo de ferida

imóvel
seu gosto

procuro me
u nome coagulado no chão

terra natal

corre um rio na colônia
lugar de mal oco
ruína e remédios
azul e rosa
ficam no parque de ex
posição
a porca mamas inchadas e suas crias
bq city horror stories
ninguém salpica rosas em moluscos
não há rosas
mas há semáforos
e uma estação de trem
fiz teatro ali
sorôco sua mãe sua filha

faz frio

terra natal II

museu da loucura
textura das paredes
céu
teatro do colégio estadual
tia Dalva
cães todos que tivemos
floricultura que não existe mais
cine palace voltei chorando
porque o rei leão morreu
o mesmo frio às 3 ou às 16
caixinha amarela de rapadura
Machadinho guarda-roupa de palavras
uniforme azul
campinho
montanha, erosão
papéis picados
muro de Salim
brincar na areia
pirâmides dobradiças no telhado
cheiro da fhemig
caminhozinho
alambique de cigano
cerveja na manilha

Rio das Mortes
reforma que nunca acaba
velório de afetos
café com farinha leite ninho e queijo
tareco quá quá
Dona Diva
o cão velhinho da modéstia
bavesa pontilhão rodoviária
lelé tur
sequestro do porquinho-da-índia
primeiras perdas
morrão de pedra
Daniela
sempre sempre esquisita
um rio de amor em terra seca

*

nas brincadeiras para o espaço
meus primos, irmãos e eu
todos com camisa do flamengo
comíamos ração de cachorro nas missões
mas quem ia com a gente
obrigado
pisar as crateras era o gato *Baleinha*
na mesma laje
encontramos num cômodo fechado a lajotas
uma olivetti
uma máquina registradora
uma balança
livros de astrologia história do egito
frascos curtos
tabela periódica
fitas de som
comprovante de residência na alfredo balena
talão de cheques do banco bemge
3x4 de tio *Sósio*

arquivos
etiquetados com fonte courier em preto e vermelho

é o contrário de
sósia? me perguntei
sempre fui boa em
português

seu tio fazia perfume com bosta
o seu aroma é intenso, doce, animal
fixar no pulso intestino de baleia orca
loucura vem de berço
minha primeira herança:
máquina de registrar diferenças

*

quando abro a geladeira para pensar
pegar iogurte ou melão
meu gato reivindica
no lapso
entre abrir e fechar a porta
me pergunto qual é a cicatriz da espera
se é possível contar quantas vezes Penélope
de repente espetou-se na mão
cachoeira reversa

teia

teimosa e desobediente
desce desce desce
e nunca está contente

colecionadoras de insetos
saem do gabinete
escorregando os dedos pelo corrimão
e
em
tomos
encontram
antes da espécie
a rede
antes da rede
o mapa
antes do mapa
o tempo antes do tempo
a hora exata
o desejo ante o desejo:

*

há

qual — pergunta:

quer

bal

bu

ci

o

arisca:

a

a

ran

ha:

: qual vazio você quer

a não

qual : pergunta arisca: há

: qual vazio você qual

quer *quer* quer

a
qual

quer

a
ran

ha:

e
se

: pergunta arisca:

: qual vazio você
quer

não
há

qual
quer

bal
bu
ci

o

a

bal
bu
ci

o

a

poética

ao descer
esta parede
antes
da linha a
rebentar
Penélope não limpa as digitais
só
imprime no prato
sua minuciosa fome
com fonte serifada

às vezes
corre para contar às traças
só abri a geladeira para pensar

o teto da cozinha está lotado de sujeira
eu também

penso nisso mais tarde
quando abro a geladeira para
pegar iogurte
maçã murcha
melão mofado

meu gato reivindica
me dispensa

fecho a geladeira e vou pensar

esparta instantânea

I. eu
substantivo concreto
portão na santa luzia
oito faixas de cor na pele da parede
mirar cerca bélica, acertar na luz

II. nós
estamos de olho
na janela do segundo andar
border collie pastoreia os transeuntes
cão a guardar recado

III. aqui
estranha colisão aérea
vi uma raposa
subindo no queixo?
3x4 da concha
nuvem-desabafo

IV. aquela
faísca atrasada
é assim que a luz entra?
arranca a casca da imagem
riu como se buscasse sobra caída no chão

V. alguém
Rua
Ouro Fino
escolhe a busca
recolhe também
o caos

VI. sinto muito o gps falhou
trinca no muro
trinco por dentro
arame

VII.
a cerca

acerca o outro há cercas

balança
nós

VIII. a pele do mamão
ferida na fruteira
grades do sutiã
fim do expediente

IX. para criar memórias
erguer lugar sob céu flocado sustentar-se
para criar raízes
meu seio seta para baixo

X. o portão
os alarmes
os uniformes
o não poder

XI. a tela
a senha célula
a ampulheta
a corrente elétrica

XII. mar aberto
sombra na corda
olho arbusto
na isca morta

XIII. o deus-ouriço
textura dissolvida
crianças e mulheres
a concertina muda

colagem

guardo palavras com cascas.
descansam entre jornais rasgados
entre fiapos
de notícia velha
e o caderno de celebridades
poderiam estar
com os pés para cima
na cultura ou na página especial de riscos econômicos.

guardo palavras quebradas
e porque estão descansadas
pouco sabem sobre os ruídos
que os ratos fazem sobre elas.

guardo palavras descascadas
como carroça e semente.
palavras que não escutam os gumes.

com uma faca a tentar serrar
os punhos das palavras gastas
escondo na pele rasgada
subterfúgios

aleatórios
os ratos tecem uma rota com mijo
é sobre ter fugas
tenho nojo
deixo como está
abaixo da consciência

ter fugas.

mural

no muro
o verso
não cai
'umiy

essa língua tão áspera

ainda hoje não sei usá-la
inadmissível pôr nomes

no muro
o verso não cai
não morre
não morde
mamão
mamilo
nem a palavra mamãe
a língua
espera áspera
ainda hoje
não sei ousá-la

راص[1]

repito repito
repito ríspida
a palavra
desespero
chapisco teu choro
concertina muda
teu corpo
teus braços
tua memória
teus pais
teu país
tu, pequeno réptil içado
no muro
aprendeu sem querer
a conjugar
have to
must to

---

[1] *‹asbah*: 1. acidente da ousadia; repetir uma condição por implicância até aparecer outra.
2. resistência em usar pronome oblíquo deixa à porta o verbo *tornou-se*.
3. conjugação de cenas tristes; bebê retorcido na grade entregue ao exército.
4. estar em decom-
posição
etc.

sem linha para tecer sua voz
chapisco teu choro no muro
alguém virá jogar tinta

aqui fora:
zumbido
afegãos escalando aeronaves desesperadamente para tentar sair do país
talibãs brincam em carrinho de batida em parque de perversões
guarda-costas paramentado com pele bélica receita orações
: lá dentro

correntes

meu rosto habita crateras
sem nome habito o espaço

minhas caretas cospem fogo
em marte não há mau hálito

meu rosto esconde caveiras
meu nome esconde água entalada

meu todo nome te habita, poesia?
pedra procurando o tapa do mar

nome próprio
único habitat de pessoa sem pés na esquina
ou a corrente de um cão

um nome às vezes composto
a solidão dessa espécie

a barata sonhadora

era uma vez
uma barata chamada G.H que escalava vazios recônditos terrenos vagos caixas de papelão restos de pensamentos rabiscos na parede silêncio de traças prateadas quartos de despejo e humanos desdobrados um dia cochilou no vão da porta e sonhou que era uma datilógrafa chamada Macabéa que antes de dormir sintonizava o rádio a pilhas e sonhava que era uma escritora chamada Clarice Lispector que escrevia sobre baratas e mulheres repartidas que viam aparecer entre os dentes um caldo marrom e diferentes estágios de mudas no céu da boca umas da outras abriram a porta de repente e a barata engoliu-se em susto e refluxo gastroesofágico infelizmente a mulher que sonhou esta cena não pede desculpas

fábula no cartório

todos os dias Zezinho o gato libriano toma para si chamamento
[extra
não pede nem decide, mas acontece. aliás *o que é acontecer*
começou Roberval depois Miró Arthur Miró Miró de novo em
vão
porque gosta mais de nota fiscal e de Geni ficou assim Zepelim
(e variações)
José Pelo Joseph
(atentinho cobridinho esticadinho) etc.
Josephzinho o *chat noir* faz questão de estar por perto em
[distanciamento social
tem explícitas exceções
fica em cima se o que nos separa é aula de francês peixes
brancos
no contorno de qualquer livro do Léo
casos de família *felidae*
no fim das contas seu nome sério é Zé nele agarramos quando
[o bicho pega
(tornozelo sofá besouro etc.)

motivos para tanta indecisão: ver em seus olhos os mesmos
[sempre outros
seus humores se ajeitando no chão dentro do sapato no pano
[sujo na janela entre

o aberto
de minhas pernas
no lençol de insetos
(será que fica indignado com lençol temático e flores de plástico)
lembrar de seus primeiros dias fedorentos
o andar cicatrizado
ver esse *psh psh* sempre outro

todos os dias
ele
que não sabe desse relato talvez
pra que isso, gente?
ou talvez
secretamente nas aulas de arcadismo
entre mouse e o livro de capa azul
se junte a meus alunos quando pisca espaçoso como o deboche
[de um meme
por que choras, Pessoa?

moral da história:
o gatinho é doméstico, o jeitinho não.

onomástica

segue relato
evidentemente
verdadeiro sobre uma noite
na aula de literatura portuguesa
cesário verde não teria nenhum sucesso
seu nome precisaria amadurecer
numa fruteira   perguntei
poderia ser a piada do pavê
imaginei o dia constrangedor alguém na ceia
encontrando pelos e meus fios brancos
porém estava também longe de amadurecer
meu nome
na margem de uma capa
depois do riso
no meio de uma ilha
atrás da biblioteca
sophia com seu título de m.b.a
fez um círculo em torno dele
seus olhos de navio devolvendo
as vitrines a retina de três cães
é assim que encontram a poesia
na calçada

onomástica II

depois de van gogh e ana martins

acordei pensando
naquele poema sobre   ver
                                        o eterno estranho e familiar
                                        nome estampado na capa do livro

se os biombos estranham
o suor das roupas deitadas ali
se ao meio-dia estão mais
para a firme palha cochilo de agricultor
ou se
para meio-fio
travesseiro de motoboy

se um dia
estará alguém a
dar importância
às iniciais presas
no muro no portão
na mala no lápis mordido na ponta
na folha do rosto *oh see*
no mudo carimbado na retina

acordei pensando
se aquele poema desnudo
diz também

quais tecidos estavam des
pendurados aqui

*

não levantei
estava de folga
o armário aberto
perguntas à espreita
guardadas ao fundo
— garças disfarçadas nos vestidos
olhos grudados na parede
como
a bolsa áspera
o sapato à espera
as etiquetas perdidas
o bilhete de aniversário
sem brilho nenhum
como o brinco perdido
no carnaval de 2017
o bilhete de aniversário
palpitando como eco
irrealizado
o desejo
perguntando
quem me deitou aqui

na língua

assim como na vida
achar brecha
para
  ca
      ir
fissura
geográfica nas pa
redes

enquanto pedalo
o vento corta
meu olho
corta
o muro do metrô
na curta avenida
aposto corridas
extraordinárias es
queço a ferrugem es
quece esse ruído es
que tu peux choisir
...
a velocidade
das línguas

sutura
cinematográfica
na página

enquanto escuto
alguém raspar os pés
na vida como na rua
tudo é palimpsesto
na caçamba amarela
leio *foco*
entendo chave
vejo âncora
por dentro
todo resto
assombro
de rasura
na beirada

língua-aberta

enquanto pedalo
costuro à margem
as feridas

entretanto

a poesia não responde
à marcha dos pés
embora
a poesia possa beijar
teus pés na tua cova

ou o contrário

os pés não respondem
ao passo da poesia
ainda que
os pés se afastem diante
da tua *bucova*

pelo avesso

a poesia uma boca aberta
olhando para baixo
os pés cada caverna
no labirinto os dois
e seus elásticos tornozelos

toda via
a poesia

diário de bordo

para léo tavares

outono, 21

Persigo certas sombras para tornar durável a presença das coisas. Aqui é uma ampulheta: as palavras saindo como grãos, em velocidade que, talvez, não saiba precisar. Como te diminuir, palavra, para que caibamos no espaço no tempo de vidro? Que espessura deve ter a palavra mulher para escoar inteira entre as extremidades aqui — agora? Efeito dominó. Entre o tempo que escoa, palavras se empilham no chão. Lembrar é um susto? Memória é um pássaro que voa para trás.

primeiro de abril

Recorto superfícies para a memória: planta, planta, planta. Cavar a terra, escrever raízes. Acreditei que as sementes pretas fossem esporos de samambaia, toquei esperançosa: eram fezes de lagarta. Descobri quando guardei duas no vidro — queria ver a metamorfose, soltar na praça depois. Perdi uma em algum momento, a outra não suportou o cárcere. Fora do vidro, me sobrou culpa. Essa pequena célula. Decidida, dissolvi essa infecção na própria fotografia no tempo. Aos poucos, conheci os ossos de sua tipografia. *Serif* — seus pés horizontalizam o olhar. Quando joguei o resto da lagarta na terra, minha umidade eterna constatava: se diluir o avesso das coisas, o papel não mostra as tensões. Do papel, o avesso não se esconde. Talvez enterrar nossa imagem-cartilagem. Fica sempre um osso puído para fora.

neste dia que guardei a face nua numa foto

Achei na página um ponto de fuga. Posicionei molduras sobre os planos como se quisessem buscar algum tema. O tema ultrapassa a página: dupla feroz.

8

Ontem reutilizei uma caixa preta de fones, desmontável, e fiz dela o suporte para colar: nova moradia para palavras, frame de filme não fotografado, flor seca fixada sobre o filme, impressões sobre o espaço cujas cópias deram erro: "lembranças móveis".

dia do trabalho, 21

Hoje acendi duas lâmpadas com palavras pendentes: transparência traiçoeira, ponto de vista. Havia uma terceira, mas esta só me iluminou por dentro. Coisas de memória sobre papel vegetal: aproveitei para deitar na água meu corpo de palavras. Ao mesmo tempo em que mergulho com outras vozes nos dedos, cuspo dois tons de tinta (ninguém precisa saber onde). A banheira rosa enferrujou. O que destaca as camadas de memória, de palavras? As tentativas: amanhã, por fora, respondo ao poço artesiano.

5 de maio,

Comprar linha e elástico. Descansar amanhã? Aleluia.

inverno,

Fiquei distante daqui da pauta, da falta.
Toda vez que me vejo — formiga esmagada entre a tela,
afogada no verniz branco da tigela,
— esquecida entre os restos — procuro um rosto.
Pareço um poço falso, pareço ter fim.
Olhar para agosto me encolhe.

último poema

o último poema não tem data para acontecer

repito minhas crostas
quando como a casca marrom da minha ferida
enquanto encontro a tinta vermelha

o último poema tem data
te pergunto no agora aqui aberto
para embutir diferenças na água
uma data abre
e fecha e também enguiça
como um zíper
vilipendiado
o tempo
engolindo pedras
você e eu
mascando perdas
invisíveis

no precipício
há perguntas
onde estão os começos

que trocam de pele
segurando a mão do tempo

era o tempo
seus olhos de pedra
comendo palavras
como meus cães a revistar brinquedos
em pedaços desconhecidos
ou em plumas
a gansa e os gatos do vizinho

era o tempo
palavra cognata pouco
eco nas vilas
embora para muitos
serpente rampante
retrato embaçado
ruído arruinado na lápide

no finado chão
minha língua-fenda

um nada

molusco encontrado

minha letra carne trêmula
enciclopédia mineral

o tempo *fecha* dura sem segredo
pergunta *este poema tem data para acontecer*

durações

o vidro
duro para sempre
se não quebrar

o livro
duro para sempre
se me encontrar

a água
mole para sempre
até entornar

a palavra
dura para sempre

o desejo
faísca procurando ar

natureza-morta

nessa orla quase muda
aparecem alguns conselhos
como na brincadeira infantil
de repente no verão os bons peixes se levantam
morto VIVO morto VIVO morto
vivo em jejum —

(olho a vigília dos
[postes)

ele diz, você já me viu
acho que já fomos apresentados
reconheço as sobrancelhas naturais
(estremeço: não sobram barbatanas sob a máscara)
leva minha permanência contigo
no bolso no olhar
onde couber (pinço a resposta)
coloco tua miséria na boca da cena
na legenda do pix
não posso
mas sem pressa veja minha identidade

(vejo atenta a rubrica de nadadeira trêmula)

(olho para trás)

(o mesmo nome amortecido no cardápio)

tenho verrugas contava degraus para subir ao céu
queria passagem para voltar ao mar
preciso ir fique
hoje não posso te ajudar

(minha escama abrindo o sujeito oculto)

então, escuta — evita encostar tão fundo nos buracos do papel
ali onde os peixes não cobrem os olhos
evita deixar nas mãos e levar só ao ouvido
não deixa cair como as sardinhas de teu rosto
se acontecer guarda toda linha para palavras fazerem ninho

(no menu da calçada — joaquinzinhos fritos)

outra passagem

cai um dente-de-leão

desce uma pedra
uma ideia pregada
em seu ombro

absurda esperança

uma remela
busco seu gosto, seu rosto
na encosta

vento grafite redondo

retorno
nessa palavra
segurando meu olho

alfabeto escondido em pegadas

quando perguntava
quem é dizia
essa pergunta

antropocenas

a exemplo das galinhas d'angola que não tiram férias e vão às feiras

não por vontade mas por ordem esdrúxula da natureza
(tais galinhas colonizadas não gritam sua franqueza,
recostam-se resignadas indignadas nas penas umas das outras)
alguém empilha
encolhe
cenas duplas palavras
em grades e grids de uma página exprimida

a exemplo das galinhas d'angola que não tiram férias e vão às feiras

sílabas e fonemas não por vontade
mas por ordem esquelética
do corpo do jogo do dicionário
ajeitam as vértebras no poleiro
a exemplo das aves voando em v
as palavras seguem
    resistentes
para fazer viagens longas:

como patos-mudos, os sentidos também migram

maré morta

não fui às falésias
não vi furacões
nadei entre as pedras
vivi por seis horas
cuidei dos seus cães

quando o livro de louise glück chegou

quando o livro de louise glück chegou
tomei choque no polegar direito abri afoita
o pacote
você sabe excesso de energia
a capa salmão meus meridianos espaçados
de repente nós duas
no corredor a soleira o pé da escada
a pele grossa nossa falsa folha de rosto
o vidro canelado lembrando *o chão também está riscado*

quando o livro de glück chegou
a capa pálida parecendo um tratado milenar
me fez pensar
um poema também pode ser um trator
uma foice cansada a fibra de uma descarga elétrica
o relevo da carne viva o peso fictício de uma embalagem
a primeira cicatriz na lombada ou a primeira estria nos quadris

penso se já recebi alguém tão avidamente
como quem rasga às pressas a pouca roupa parda das imagens
ainda não vistas

quando o livro de louise deitou na mesa
misterioso como Kiki de Montparnasse
sem ainda engatilhar os olhos na primeira página
sem ainda conferir se nossas solidões caberiam ali
resisti soterrada nessa linha
o poema pode ser um trator
uma abelha na escuridão
um peixe no abismo acendendo a lanterna

os poemas mansinhos fingiam *me engole às pressas*

p.s.

uma parte de minha concha
se torna gesto para o mar

fico
me despedaço

volto outra
mais corroída em qual latitude

uma parte minha
alimenta a cicatriz
nos pés de alguém

uma parte da minha concha
escuta histórias
espécie de esperança encontrada hoje
o polvo não ri
mas sangra
no papel
tentáculo aberto
sangra e mostra os dentes
conforme o cardápio do dia
eu molusco

caída no alçapão redondo branco raso
me rasgo
tentativa aberta
sangro e mostro os dentes
ao mesmo tempo
guardei meu rosto
em uma foto de domingo.
fiz um sol parco, silêncio, algumas sílabas e umectação.
gosto de deixar óleo de coco no cabelo e me incomodar com a necessidade de passar shampoo duas vezes para retirar o excesso. me incomoda também guardar excessos. na terceira, o rótulo solto *extrato de algas marinhas*, os ingredientes no ralo, a espuma do dia que não termina *go vegan go*. para onde estamos indo? atada na toalha, saio outra: heráclito no chuveiro elétrico.
para não escapar, guardo meu rosto
nesta clepsidra há um mês
uma parte de minha concha
se torna resto para areia

os grãos ficam
me despeço

colofão

no escuro
a cama funda
as pedras e horas moles
o olho das perguntas
lâminas de esquecida textura içando o peso
dos grãos   tudo é vão
para as costas do mar

quando no início
a carne mole
joelhos e guelras tão rubros
as escápulas da paisagem
também molhadas de medo e fuga

no aquário trincado —
retalhos de palavra, cicatriz
— todo um habitat a esperar seu nome

quando amanhece
a voz mole
a sombra sem flecha o cheiro do cão ausente
a ferrugem nos portões começa *como aparecem os atalhos*,
— dentes à espreita

o lápis mordido
a dizer
de repente
aconteceu
depois dos ovos partidos

um peixe *sem título* me arrastou — incrustou-se ao istmo
no último inverno

21 de abril de 2022.

e depois da água sussurrar tantas quebras
— aqui estão minhas vértebras

*
* *

■ primeira edição
■ outubro de 2022